KB061725

사람이고 싶습니다

사람이고 싶습니다

초판 1쇄 인쇄 2024년 7월 10일
초판 1쇄 발행 2024년 7월 20일

지은이 이만수
펴낸이 조현철

펴낸곳 카리스
출판등록 2010년 10월 29일 제406-2010-000097호
주소 경기도 파주시 청석로 300, 924-401
전화 031-943-9754
팩스 031-945-9754
전자우편 karisbook@naver.com
총판 비전북 (031-907-3927)

값 13,000원

ISBN 979-11-86694-17-6 03810

사람이고 싶습니다

이만수 시집

카리스

추천사

My heart leaps up when I behold
   A rainbow in the sky:
So was it when my life began;
So is it now I am a man;
So be it when I shall grow old,
   Or let me die!

윌리엄 워즈워스의 「무지개The Rainbow」-다른 제목
은 「가슴이 뛴다My heart leaps up」이다-를 읽다 보면
가슴이 있는 자는 누구나 시를 쓰고 싶어진다. 시를 쓰
지 않으면 죽는 것이 사는 것보다 낫다고 할 정도로 인
간에게는 감격하는 가슴이 있고 느낌이 있다. 이미 유
명세를 치른 직업적이고 전문적인 詩作에서는 아무래
도 규격화된 상품성이 느껴진다. 하지만 아무런 명예
나 부나 칭찬도 개의치 않는 아마추어들의 詩作에서
는 결코 詩를 위한 詩가 아닌, 살아 있는 자연 그대로
의 정서와 詩魂이 깃들여 있다. 그래서 돌과 바위를 만
지며 나무통을 부둥켜안고 대화할 수 있는 순수한 生
命力을 느끼게 된다.

나도 개인적으로 오랫동안 詩作을 해 왔고, 누구보다도 시를 사랑하는 사람 중 하나라고 자부한다. 하지만 진정한 의미의 詩란 마치 서산을 넘어가는 노을을 보면서 그저 이유 없이 자꾸 눈물이 쏟아져서 엉엉 울어 버린 친구의 감정과도 같이 글로 다 적을 수 없는 무언의 눈물이다. 아니면 마치 파란 종이에 하얀 글씨를 적어나가듯 백로가 석양에 비낀 가을 하늘을 줄줄이 나는 모습이라고 여겨진다.

　이번에 이만수 목사님의 詩集을 대하면서 앞서 말한 때 묻지 않은, 그러면서도 모처럼 우리 모두의 경험과 가슴속에 잠재해 있는 순수한 정취와 정서와 상념과 추억을 되살릴 수 있었다. 시를 쓴 이가 목사요 성직자이기 때문에 대개는 종교적 색채가 짙게 풍기기 마련이다. 그런데 이 목사님의 시상은 신앙과 상관없이 모든 사람이 함께 취할 수 있는 것이면서 신앙적으로는 마치 아무런 정도 들이대지 않은 자연 그대로의 돌을 모아 詩壇을 쌓고 하나님께 감사와 찬송을 올려드리는 듯한 느낌을 받았다.

　이만수 목사님의 시를 읽으면서 오랜 세월의 흐름

속에서 나 자신도 모르게 잃어버렸던 정숙함과 솔직한 시감을 다시 찾을 수 있었다. 그런 까닭에 이제 백로 같은 흰머리를 휘날리는 칠순에 이르러서야 여전히 이 땅에 생존하면서 당신이 주신 이 세상의 아름다움을 누리며 글을 쓰게 하시는 하나님께 감사의 눈물을 흘리게 되었다.

If I had thousand lives to give Korea should have them all.
만일 내가 줄 수 있는 천 개의 목숨이 있다면 모두 한국에게 줄 것이다.

루비 켄드릭Rubye R. Kendrick 선교사의 비문에 적힌 글귀처럼 머나먼 텍사스에서 온 그녀는 조선 사람들에게 자신의 모든 것을 주고 싶어 했다. 나도 내 조국의 바닷가에 거처하면서 늘 바다를 보고, 뒷산을 보고, 맑은 계곡물에 발을 담그고, 자연을 노래하면서 이 땅에 사는 것에 감사하고 기뻐하길 원한다. 그리고 마지막 뼛조각 하나까지도 내 조국과 이웃을 위해 쓰이는 인생이기를 소원한다.

이처럼 고국에서 인생을 접으려는 나의 노년에 이만수 목사님의 시를 접하게 된 것이 남다른 의미를 더해 주는 것 같아 감사드리지 않을 수 없다. 이 詩集의 시와 시인에 대한 고마움이 크기에 추천의 글을 덧붙이게 된 것 또한 큰 영광으로 여긴다. 모쪼록 이번에 출간되는 이만수 목사님의 시집이 많은 영혼을 천국으로 인도하는 황금종 소리가 되어 온 땅에 널리 울려 퍼지기를 기도 드린다.

이기종 | 목사, 버틀러대학교 종교사회학 박사

책머리에

나는 詩作에 있어서 문외한이라 불러도 좋을 만큼 문학에 관한 최소한의 이해도 갖추지 못한 사람입니다. 詩作에 대한 교육을 받아본 경험이라고는 전북 익산의 아름다운교회에서 시무할 적에 전주시문학교실을 통해 6개월간 수업을 받은 게 전부이기 때문입니다. 그래서 필자가 그동안 써 모은 이 글들을 과연 詩라고 부를 수 있는지, 아니면 목회 생활의 애환을 담은 하나의 日記라고 해야 옳을지 모를 정도입니다.

그럼에도 이 글들을 책으로 펴내는 데에는 주위의 권유를 받은 탓도 있습니다. 하지만 무엇보다 나와 여러 해를 함께 지내온 동역자들과 교우들에게 그간의 기억과 감회를 되살리면서 갈수록 삭막해지는 듯한 우리들의 마음에 오붓한 정서를 심어보기 위함입니다.

필자는 1983년 초 당시 부산에 있던 고려신학대학원에 입학하여 그해 6월부터 남해군 삼동면 오지 산골에 위치한 내산교회에서 전도사로 목회 사역을 시작했습니다. 많은 실수가 있었지만, 신앙심 깊은 교인들의 도움으로 조금씩 사역의 터전을 닦아나갈 수 있었습니다. 돌이켜 보면 내산마을은 단 한 편의 시조차 써 본

적 없던 사람마저 시를 쓰고 싶은 충동을 느끼게 할 만
큼 풍부한 정감이 어려 있는 곳이었습니다.

그러나 그토록 詩感을 자아내던 내산교회에서의 사
역은 만 2년으로 끝났습니다. 그곳을 떠나 김해 한림
면에 있는 신전교회를 잠시 담임하게 되었는데, 그곳
에서는 예배당을 건축하느라 글을 쓸 여유를 전혀 가
져볼 수 없었습니다. 이후 건축을 마친 뒤 내산마을에
인접한 남해성남교회를 담임하게 되면서부터 조금씩
글 쓰는 습관을 길렀습니다. 만 3년간의 남해성남교
회 사역을 끝내고 익산에서 아름다운교회를 개척하여
시무할 때 전주시문학회가 주관하는 「제4기 시문학교
실」에서 난생처음 기초적인 詩作 수업을 받았습니다.

만 6년간 익산에서의 뜻깊은 개척 사역을 마무리하
고 필자가 은퇴 전까지 시무했던 삼천포 삼한교회로
부임하게 되었습니다. 이때 시무하는 가운데 틈틈이
사역 현장에서 경험한 일들을 종이에 적어보았습니다.
따라서 이 책에 담은 90여 편의 시는 본 시집을 처음
펴냈던 2006년까지의 24년 동안 목회 일선에서의 경
험과 정감들을 모은 것입니다. 이제 다시 독자들과 정

감을 나누기 위해 시집을 펴내지만, 너무 조촐한 밥상을 손님 앞에 내어놓는, 매우 조심스럽고 부끄러운 아낙의 심정으로 내어놓습니다.

아무쪼록 이 책을 통해 나와 동시대를 살아온 분들의 심령에 아주 잠시나마 지나온 날들의 추억과 오붓한 정감들을 되살릴 수 있기를 바랄 따름입니다.

장맛비 오기 전
이만수

차례

3부 念 [염]

4부 信 [신]

序詩

사람이고 싶습니다

주께서 보여주신
사람의 참모습은
가없이 아름답건만
내게는 정녕
오르지 못할 준령이거나
다가갈수록
더욱 멀어지는 환영입니다
믿으면 되리라고 말씀하신
가능의 나와
다람쥐 쳇바퀴 돌 듯
언제나 제자리걸음인
현실의 나 사이에
여전히 좁혀지지 않는 간격은
끝 모를 탄식이 되어
가녀린 숨구멍을 짓누릅니다

다스리지 못한 과욕

단념하지 못한 미련 탓에

아무런 저항도 못하고

너무나도 자주

시궁창으로 내몰리는

무능한 자아를 부둥켜안고

울부짖는 외마디는

사람이고 싶습니다

사람이고 싶습니다

1부

四季

[사계]

사계四季

봄날엔
미풍처럼 상쾌한
이상理想을 심고
여름엔
도전하는 꿈들의
현실이 되었다가
가을이면
단풍보다 더 고운
노년老年을 가르치고
모든 것 벗어야 할
겨울에 이르면

온기를 가득 담은

담장의 햇살로 남아

움츠린 마음들의

양지陽地가 되리

입춘대길

후미진 계곡의
잔설殘雪이 녹아
갯둑의 버들강아지
하얀 솜털로 피어나면
따스한 햇살 타고
제비는 부지런히
추녀 밑을 나든다
시류時流에 뒤질세라
서둘러 피어난 진달래꽃
민둥산 자락이 붉게 물들면
담장을 넘어오는
휘파람 소리에
부풀어 오르는 처녀들의 가슴
지창紙窓 여닫는
촌로村老의 헛기침이 잦아들 제

노동을 숙명으로 여기는

아낙네들은

고생 끝에 낙이 오리라는

해묵은 꿈을 안고

겨우내 묵은 밭에 생生을 일군다

봄비

동토凍土를 적시는
나직한 아우성
문득
고개를 든 지성은
시공을 넘나드는
아련한
계시를 듣는다
비껴가는 햇살에
끝내 빛을 보지 못한
음지에도
드높은 태양이 일어나
의로운 세상을 열리라는
복음福音이 들리고
쓰러져 누웠던
곤한 심령은
감격을 자아낼
새 시대를 꿈꾸며

아직도 풀리지 않은
동면의 대지에
묵은 소원 고이 모아
새봄을 가꾼다

오월五月이 오면

오월五月이 오면
망각의 그늘에서
서럽게 허물어진
님들의 가슴에도 꽃은 피는가
장인匠人의 심장으로
자식 위해 다져 온
인고의 세월은 속절없고
새끼 잃은 빈 둥지에는
적막뿐인데
당신들의 눈동자는
아직도
그 쓰라렸던 희생의 자리를
맴돌고 있는가
시절도 변하고
기력 또한 쇠했건만
자식 향한 그리움은
저다지도
식을 줄을 모르는가

소낙비

한나절 뙤약볕이

중천中天을 달구면

더위에 지친 바람

떠도는 구름을 불러모으고

고역에 찌들어진

노파의 어깨에

진통이 일 제

오래 삭인 원한인듯

서슬 퍼런 굉음이

지축을 뒤흔든다

추녀 밑을 파고드는 낙수 소리에

마루 끝에 졸던 아낙

소스라치고

습윤한 대지에 햇살이 비끼면

하늘은 곱살스런 색동띠를 두르고

가랑이 걷어 올린

반백半白 촌로는

황급히 괭이 메고

사립문을 나선다

장마

마음이 맑으려면
해마다 한 차례는
울어야 하지
밤낮으로 쌓인 한恨을
씻어 내려면
넉넉하게 한 보름은
울어 봐야지
서러움에 흐느끼다
미움 치밀면
기어이 통곡을 쏟고야 말지
울다 보면 분함도 풀어지는가

미움도 알고 보면
사랑인 것을
물에 잠겨 울부짖는
세상을 보면
끝내는 울분을 삼키고 말지

유월의 전원田園

신록에 비낀
유월의 햇살은
누구의 머리로 쏟아지는가
실낱같은 희망
간발間髮의 기대마저
무너진 농촌을
누가 지키려는가
인적은 끊어져도
전토田土는 남아 있어
시절이 일손을 부르면
구부정한 노구老軀들이
된 숨 몰아쉬며
들녘을 메운다
갓 심은 모종 마냥
제 한 몸 곧추세울 힘이 없건만
고토故土에 묻히려는
평생의 소원을 짚고

호젓이 들판을 지켜 선
노인의 눈망울엔
흘러간 세월
떠나보낸 사람들의
자취가 아련하다

이슬의 애가哀歌

칠월의 초저녁

땅거미 속으로

더위가 스며들면

나른한 잎새 위로

내리는 밤의 정령精靈들

짓궂은 바람이 깨어날까 봐

애무하듯

고요히 속삭이는 한밤의 밀어密語

시샘하는 듯

풀벌레 합창이 자지러지고

유성流星은 위협하듯 하늘을 갈라도

잎새와의 사랑은

마음에서 마음으로 사무칩니다

칠성七星이 물구나무서고

시리도록 영롱한 별들이

잿빛으로 사윌 제

여명黎明에 잠이 깬 아침 바람에

아연하며 일어나

나래를 펼칠지라도

불어난 몸집을 가눌 수 없어

밤새껏 쏟은 진한 사랑은

차라리 방울져 눈물로 흐릅니다

기약도 없는 이별

너무나도 짧았던 만남을 한恨하며

잎새에 지는 이슬은

가없이 슬픈 노래가 됩니다

가을의 노래

문득
하늘을 우러르다
아연하며 일어선다
아- 가을!
저물도록
놀이에 빠졌던 아이처럼
일상의 번뇌에
계절을 잊었는가
정겨운 풍경
무르익은 향연
화사한 이별
부산한 겨울 채비
고독을 위해
기꺼이 추억을 벗는
나목들의 휘파람
살바람에 몸을 떠는
갈잎들의 애잔한 몸부림

집시처럼 가로를 뒹구는

낙엽 소리에

마침내

시름을 벗는

감탄의 기지개를 켠다

가을 그리고 그리움

어둠에 씻어
이슬로 헹구고
풀벌레 소리로 다듬질한
높푸른 하늘

단아한 산
포만한 결실로
찢어질 듯
휘어져 내린 과목果木
바람결에 일렁이는
황금 들녘

연도에 줄지어
싱그러운 향취와
나긋한 맵시로
행인을 손짓하는
코스모스의 은근한 유혹

둘만의
밀어를 속삭이며
포옹하듯
낙엽을 지르밟는
연인들의
해맑은 미소

흡족한 듯
무르익은
들녘을 바라보며
검게 탄 목줄기의
비지땀을 훔치는
농부의 소박한 눈웃음이
그립다

가을의 기도

주여 때가 찼습니다
그토록 지루하던 여름날들은
순환의 섭리에 결박되어 물러나고
어느새 대지에는
포만한 결실들이 무르익고 있습니다
교만한 영혼을 일깨우듯
성숙할수록
더 깊이 조아리는 형상들
주여 가을은 기약을 아는 듯
결코 서럽지 않을
의연한 이별을 위해
저토록 자신을 단장합니다
주여 이 계절엔
우리 영혼이 부요롭게 하소서
주를 아는 지식에 배부르게 하시며
주께 드리는 노래며 또한 섬김이
전날보다 더욱 무르익게 하소서

가을처럼

더없이 아름다운 만남을 위해

또 한 번의 이별을 예비하는

지혜로운 나그네의 마음이게 하소서

가을비

색 바랜 외투 같은
가을의 끝자락을 타고
가슴팍이 다 젖도록
비가 내린다
하루 달리
멀어지는 마음들이
너무 슬프다는 듯
나직한 울음 울어
밤을 적신다
반성을 잊은 탓에
더없이 험상한 세상이지만
그래도 누군가는
울어야 하겠기에
가로등 아래의
하염없는 빗살로
하늘이 대신하여 통곡하는가

가을이 오면

색동옷 차려입고
산악을 넘는
그대 맞으려
코스모스 두 줄로
기다려 섰는 곳
그 아련한
추억의 미로를
거침없이 달려와
달콤한 밀어로
지난 세월의 신비를
속삭여 주오
이제
역겨움과
침체의 겉옷을 벗고
오직 둘만의
단꿈을 위해
두텁고 포근한
사색의 이불을
고이 펴려니

낙엽

바람결에 날아와
아득히 손짓하는
환상
이끌리듯
달려가는 상념의 신작로
햇살 가득한
담장에 기대어
떠도는 구름 사이
높푸른 여백에다
아스라이 새겨 보던
한낮의 꿈들
하릴없이
낙서로 그려보던
젊은 날의 초상肖像
하지만
이제는 돌아갈 수 없는
이방異邦의 거리

쓸쓸함이 감도는
중년中年의 가도街道에는
추락한 꿈들의 방황
짓밟힌 환상들의
흐느낌이 구슬프다

시월十月의 서정

어버이 시름이듯
밤새도록 내린 이슬이
가누지 못할 무게로
잎새에 지면
갓 피어난 햇살에
우두커니 옷 말리는
허수아비 호올로 가을이 외롭다

허허로운 들녘
마냥 슬프지 않은 공허는
곡간 가득한 수확이 있음이라
자라!
이라!
보리 가는 농부의 목청이 드높고
가지런한 이랑 사이로
쟁기 앞을 내닫는
농우農牛의 콧김에
사위어간
한여름의 열기가 다시 더웁다

짧아진 오후
바지런한 농부마저
일손을 거두면
허수아비 다시금 이슬에 젖고
못내 시려 오는 두 팔 벌려
아무도 없는 빈들을 지킨다

겨울나무

부러져 상하거나
선 채로 죽을지라도
씨알로 떨어진 곳을
떠날 수 없어
온몸으로 고토故土를 지키고 섰다
변화를 거부하면
화석으로 굳을세라
신록과 녹음으로
단아한 풍경을 그려보지만
끝내 가시지 않는 고독은
한 줌의 낙엽으로 지고
이제는 완연한 알몸
휘감아 도는 살바람이
전신을 사윌지라도

모든 것 다 버려도 좋을

새봄으로의

우뚝 솟은 기대 하나로

무너져 내리는

동구洞口의 비탈에서

텅 빈 하늘을 받들고 섰다

나목裸木

기어코
살아남으려는
생존의 본능으로
박토에 뿌리내려
생기를 모은다
오뉴월 뙤약볕에
무성하게 다려 저민
녹음도 잠깐
어느새 지엽枝葉에는
단풍이 묻어들고
차디찬 바람결에
일생의 성취를 날려버릴
겨울의 문턱에 이르러서야
생의 헛됨을 알며

버림으로써 얻고

벗음으로써 새로워지는

거듭남의 섭리를 따라

한 올의 미련도 없이

앙상한 알몸으로

하늘을 받들고 선다

겨울날의 묵상

겨울의 문턱에서
마지못해
단풍을 벗은 산山은
화장을 지우는
거울 앞의 여인처럼
추억의 그림자를
허리에 드리웠고
외로움을 휘저어 나는
호반새의
외마디 설움에
무심한 호수는
화사한 풍경 대신
희멀건 하늘을 담았다
덧없이 흘러간
오십 년 세월

그 생의 뒤안길에는

온통

때늦은 후회와

아쉬움뿐일지라도

애써 마음을 추스름은

아직도 못다 한 사명이 있고

죽도록 사모할 님의 사랑 있음이라!

2부

情

[정]

내산별리內山別離

머언 한 섬 남해南海
갯내음보다 산 내음이 짙고
굽이굽이 산들이 몸을 사린 곳
물소리 뱃고동 소리 멀리 들리면
드센 바람 소리 높여 울고 가는 곳
산속에 있어 그 이름이 내산內山이라네

하늘이 유난히도 가까워 보이고
매끄럽고 맑은 물이 사철을 흐르는 곳
굴뚝 연기 조석으로 산허리를 동이면
빛바랜 돌담장이 이끼를 입은 채
여기저기 집 마당을 경계 짓는 곳
산속에 있어 그 이름이 내산內山이라네

숲 짙은 동산 밑 돋보이는 곳에
십자가 높이 세운 예배당이 있어
새벽마다 하늘 노래 울려 퍼지는 곳
어른 아이 함께 모여 손을 모으면
천국이 한 걸음 더 가까워지는 마을
산속에 있어 그 이름이 내산內山이라네

한 나그네 이태 동안 정을 붙인 곳
들쭉날쭉 구비마다 꿈을 심은 곳
정든 얼굴 따뜻한 손 등 뒤로 하고
보내신 분 뜻을 좇아 걸음 돌릴 제
두 줄기 뜨거운 눈물 앞을 가리우던 곳
산속에 있어 그 이름이 내산內山이라네

그리움 1

앞만 보고
달려온 세월
끝내
사라져 버린 신기루
문득
돌아다 보이는 건
못다 한 일과
못 건넨 말들의
아쉬움
옹졸한 마음 탓에
가슴 한번 펼쳐 보일
여유도 없이
덧없이 흘러간
푸른 날들의 묘지에서
모든 것 잊으려는
체념의 한 자락을 부여잡고
괴로움이듯 저며 오는
한 줄기의 탄식

그리움 2

담장 위에
함박눈이
소복 쌓이면
누군가
한없이
그리워집니다
토실한 털모자에
긴 목도리
벙어리장갑 속에
입김을 불며
산허리를 돌아가는
기적 소리 앞세워
다정스레 굽어 누운
하얀 철길을
하염없이 걸어보던
그 옛날
그 시절이
그립습니다

모정母情

세상에 나왔다고
핏빛 울음 토하던
벌거숭이가
뒤척이다 엉금거리고
기우뚱하며 달음질하다가
어느 날 훌쩍
둥지를 떠나면
그리움에 아려오는
허전한 가슴
오늘도 떠올리는
고사리손들의 칭얼거림
따사롭던 체온
부드러운 촉감들

이제는
더 줄 수 없는 손길
못다 쏟은 정성에
주름살로 드리우는
근심의 날들
가쁜 숨 몰아쉬며
나지막이 불러 보는
자식들의 이름

아버지

한두 발짝 떨어져서
말없이 굽어보시다
너털웃음으로
펼치시던 가슴
준엄한 꾸중과
치켜든 회초리는
태풍 속의 뇌성처럼
두려웠어도
부릅뜬 동공 속으로
마냥 고요롭던 정
계시다는 느낌만으로
늘 푸근한 마음
얼굴이 시려 오는
겨울밤이면
창호를 흔들던 기침 소리가
방금도 지척에서
들리는 듯해

사무쳐 불러 보는

그리운 이름

아버지!

은이 생각

미흡한 마음에
부릅뜬 눈으로 흘겨보다가
시선이 닿지 않는 곳에
떼어 보내고서야
비어 있는
네 자리로 치미는 정을
스치는 바람결에 실어 보낸다
낯선 이국의 도심에서
고토故土를 그리며
홀로 서러울
네 모습이 안쓰러워
손끝에 닿지 않는
어깨를 다독이고
상기도 따스할
네 뺨을 부비고자
하늘로 두 손 뻗어
기도드린다

망향望鄉

질주하는 세월은

하이얀 포말 속에

자취를 묻고

드넓은 대해大海는

무심코

추억의 물거품을

삼키고 있다

잊음을 강요하는

풍랑의 위세에도

무던히

기억을 추스르는

바위섬의

고독한 향수는

본향을 그리는 나그네 심사

파도 소리 구슬픈

밤이 오면은

그리움에 술렁이는

외로운 가슴

딸을 보내며

얼굴보다
더 큰 입으로
강보에 묻혀 울던
핏덩이 하나
스무여섯 해를 누려온
은근한 위안이자
근심이더니
이제 다 자랐노라
새 둥지를 틀어갈
짝을 찾았노라고
홀연히
제집을 떠나려 하누나
여린 마음
재치 없는 아둔함에
매정스레 흘긴 눈과
벼락같은 고함으로
기른 자식을

이제는
쉬이 나들 수 없는
남의 집 문간으로
들이려 하니
못다 쏟은 정성과
못다 나눈 사랑의 아쉬움에
허허로운 가슴 가득
안개보다 자욱한
한恨이 어린다

아내에게

하나님이 맺어주신
인연의 끈을 쥐고
함께 지낸 세월이
어언 스무일곱 해
실망과 고단함에
부질없는 다툼도 많았었지만
미운 정 고운 정이
뒤섞이면서
우리는 다시없는
친구가 되었다오
정성껏 키운 딸을
떠나보내고
뒤돌아 흐느끼는
그대 빈 가슴에
미덥지 못하나마
내 마음을 부으리다

열 자식이 있다 한들
속마음 알아주는
부부와 같으리요
키우라고 주신 자식
잘 자란 것
잘 커 준 것
감사하며 보내고
이제는 후회 없게
사랑하며 삽시다
저들 위해
모두 위해
기도하며 삽시다

배은背恩

질주하는
시간의 한 켠에서
문득
장마를 머금은
하늘을 우러른다
창세로부터의
그 오랜 인내에도
지칠 줄도 모르는
인간의 탐욕
그 가없는 포악을
차마 볼 수 없어서
그토록 침울하게
얼굴을 가렸는가
먹고 먹히는
야수의 세계에는
차라리 냉엄한 질서라도 있건만

거짓으로 치장한
사람의 얼굴에는
하늘마저 울어야 할
야만野蠻이 일렁인다

변산유정邊山有情

눈발이 날리고

설익은 어둠이 해변으로 내리던 오후

변산을 감싸 안은 황해黃海는

시린 하늘을 이불 삼아 누웠고

우리의 짧은 만남을 아쉬워하듯

잊음이 헐한 세상을 나무라듯

추억의 편린을 겹겹이 쌓아 올린

채석강 밑에서

바다는 이미 흐느끼고 있었습니다

거역 못할 석별의 순간이 이르고

질주하는 시간에 몸을 실을지라도

멀어져 간 육지를 못내 그리며

온몸으로 파도를 헤치는

한 작은 바위섬의 고적한 몸부림으로

하염없이 무너져 내리는 산자락을 거머쥐고

꿋꿋이 살아가는 해송들의 검푸른 기개로

마음만은 언제나 그대 곁을 지키렵니다

파도 너머 하늘과 땅이 맞닿은 곳
낯선 이국의 이름 모를 포구에 이르면
그대와 함께 섰던 이 하늘을 그리며
미리 불러 본 망향의 그 노래를
다시 한 번 바람결에 실어 보내렵니다

불감증

대학병원의
후미진 영안실에는
서른 살 남짓한 소복의 여인이
교통사고로 숨진
남편의 영정 앞에서
어깨를 떨며 앉았고
그 곁에는
영문을 모르는
철부지 남매가
천진스레 장난을 친다
홀로 남은 외로움과
살아갈 날들에 대한 두려움 탓에
간간이 증폭되는 여인의 통곡에도
아랑곳없이
서둘러 빈소를 떠나는 조객들
삼삼오오 노름판을 벌이고
느긋이 술배를 채우는 사람들

유독 조의금에 눈독 들이는
상주들 사이에서
녹음기 홀로 죽음을 노래한다
이생과 내세는 한 발짝 사이라고
그리고 다음은 당신들 차례라고

창窓가에서

밤과 밤 사이에
수백 리를 떠나와
오색 불빛이 넘실거리는
낯선 창가에 앉았습니다
폭주하는 굉음
명멸하는 섬광 속에
도심의 밤은
정녕 신음하고 있습니다
떠나온 지 한나절
벌써부터 두고 온 해변이 생각납니다
아침을 가르던
갈매기의 힘찬 비상
어부의 콧노래에 장단 맞추려
선창을 울리는 정겨운 파도 소리
밤이면
고요의 선율을 타고
하염없이 내리던
고즈넉한 별빛이 그립습니다

사뭇 짙어진 어둠 속에
어느새 잉태한 추억을 보듬고
나는 그리움에 울음 웁니다
남해여!
아름다움이여!
그리움이여!

이별

이제
떠나려 하네
삼 년 묵은 정을 두고
만나고 헤어짐이
다반사지만
드는 줄도 몰랐던 정情
단번에 솟구치고
아쉬워 돌아보니
얼굴마다 눈물이며
굽이마다 추억이네
매달리며 흔드는 손
차마 보지 못하고
차창 너머 먼 산 보며
눈물 감추네

석별 1

이태 동안 쌓인 정情

소매 끝에 매달리고

맞잡은 손마디로

저며 오는 안간힘

함께 지낸 세월의

애달픈 사연들

그 아련한 추억에

끝내 등을 돌린 통곡

어깨 너머 긴 오열은

한사코 옷자락을 당길지라도

사랑하는 사람아!

만남이 이별을 잉태했듯이

이별도 성숙하면 해후를 낳으리니

망각의 역류力流를 거슬러

해묵은 그리움을 노 저어 가노라면

떠나온 포구에 닻을 내리고

뜨겁게 입맞출 재회가 있을진저

사랑하는 사람아!

사랑하는 사람아!

석별 2

주님으로 인하여
우리는 서로를 만났습니다
주를 사랑하고자
서로의 소명을 이루고자
밤낮으로
머리를 맞대고
손을 모았습니다
그러다가
하나둘 자리를 털고 일어나
어디론가 한사코 떠나려 합니다
소중한 그 무엇을 잊고 살았다는 듯
잠시도 지체 못할
기회를 잡은 듯이
막차를 기다리는
안쓰러운 표정으로
길을 서두릅니다

애당초

우리는 혼자였기에

아무도 서로를 붙들 수 없다지만

함께 보낸 날들의 그리움 탓에

아직도 못다 한 일

못다 한 말들의 아쉬움 탓에

헤어져 떠나감이

못내 서럽습니다

석별 3

우리의 만남에는
애당초 이별이 싹트고 있었습니다
그리 길지 않은 날들이었지만
당신으로 인하여
우리는 참으로 행복하였습니다
화려하지 않은 수수함
오래 있어도
무료치 않은 정겨움
속내를 숨기지 않는 담백함
열심히 봉사해도
주장하지 않는 겸손
겹겹의 난관에도
끝내 미소를 잃지 않으려던
당신의 의연함을
우리는 오래도록 그리워할 것입니다

갑작스런 헤어짐이

너무나 아연하고 서러웁지만

소중한 사람들의

더 큰 행복을 위해

우리 사랑 고이 모아

축복하며 보냅니다

창원역 서정緖情

무학산 발등상에
우두커니 걸터앉은
일제 시대의 역사驛舍
아직도 아물지 않은 상흔을 안고
온몸으로 그 자리를 지키고 섰다
강요된 이별의 현장
거스를 수 없었던
압제의 사슬에 묶여
정신대로
징용으로
고토故土를 등진 사람들
다시는 만나지 못할
선로線路의 평행선을 따라
반백 년이 훌쩍 흘러갔어도
갈수록 선연한 건
기약의 손을 놓고 돌아서던
님의 슬픈 뒷모습

기적소리 산자락을 감돌아 오면

행여나

발돋움하던 그리움

가물거리는

기억의 마지막 난간欄干에 기대어

과거를 응시하는 노인의 눈시울엔

연기처럼 자욱한 한恨이 서린다

소꿉놀이

돌담장 양지편에
살림 차리고
조가비 하나 가득
흙밥을 지어
여보!
당신!
권하던 동심童心은
에덴의 평화
원색의 에로스
어른이 되고파
저물도록
어른을 연습하다가
시들어진 동심 위로
무성해진 편견
끝없는 암투
사람은 낙원을 두 번 잃고 사는가

존재보다 소유를 앞세우는

실낙원

그 살벌한 생의 한 모퉁이에서

서로가 있기에

흙밥으로 만족하던

동심의 부활을 그려 보느니

웬일일까요

소슬바람 부는
시가市街에서
흘깃 바라본 유리창
그 속에 섰는
남루한 초상
여름 한 철 지나고도
자연은 저토록 부요로운데
사십 수년 내 인생은
너무 초라해
문득 돌아본
삶의 자리가
갑자기
새장처럼 좁아져 오고
온 밤을 적시는
가을비 소리에
뼛속 깊이 스며드는 고적감

자꾸만

훌쩍 떠나고픈 마음

마흔다섯 고개 너머

가을 하늘이

이토록 허전함은 웬일일까요

우정

고갈된 일상을
견디다 못해
물을 찾아 울음 우는
사슴의 갈망으로
님을 우러릅니다
사랑하는 자들의
수치를 가리시려
전신의 고통으로
선혈을 쏟으신 주님
당신만이
오직 당신만이
진실한 벗이며
의좋은 형兄이시라
날에 날을 더하여
그 나라에 다다르면
정겨운 품을 찾아
즐거이 요단강을 건너렵니다

짝사랑

돌에 새겨 두랴

나무에 새겨 두랴

돌에 적은 사연이면

너무 오래 남을 게고

나무에 새겨 두면

머잖아 썩을지니

차라리 흙에 새겨

지나는 바람결에 날려 버릴까

너무 오래 기억되면

그대 마음 아플 게고

너무 쉬이 잊히면

내 마음 서러울지라

주체 못 할 내 심사를

물 위에다 새긴다네

혼자만이 간직할 비밀이고저

정情

만나면 반가웁고
헤어지기 싫은 것이
정情이라던가
그리움의 끝자락은
어디에 닿았는가
헤어져서 자라는 게
순정純情이라서
떠나보낸 사람마다
그리워지는 걸까
마흔을 넘어서면 불혹不惑일진대
쉰 살이 다 된 지금
아픔이듯 저며 오는
정情이란 웬 말인가

3부

念

[염]

개성個性

새들에게
나름의 소리가 있듯
사람도
저마다의 질質을 가졌습니다
제 것이 싫어서
남을 탐하면
새장의 앵무처럼
타인에게
조금씩 길들여지고
끝내는
자기를 잊어버리매
아름다운 사람은
애오라지
제 것을 가꿉니다
당신의 형상 따라
아무도 대신 못할
나만의 그 무엇을 주신 까닭입니다

길

몇 고개나 넘었는가
몇 구비를 돌았는가
세태가 수상하여
말없이 누웠는가
걸음마로 시작하여
죽도록 걸어야 할 운명인지라
신神은 인간을
인간은 또한 너를 지었다
험상한 세상살이
순례자의 고갯길은
높기만 한데
시름을 덜어 줄
정리는 닳아지고
말 한마디 묻어 놓을
신의마저 무너지매
의지할 이 없는
외로운 마음들이
응어리진 가슴 안고
너를 찾는다

노인

어디에 묻었는가?

무지개 타고 놀던

소싯적 꿈을

모험을 일삼던

청춘의 기백은 사라지고

굵게 파인 주름살엔

시름만 깊었는가

곱살스런 홍안에는

검버섯이 우거지고

일생을 뒤쫓은

죽음의 그림자가

갑작스레 덮쳐와

숨구멍을 조일새라

새소리에 기겁하고

바람결에 놀라는가

아소 님아

어깨를 펴오

이글거리던

중천의 태양이

새롭게 태어날 내일을 위해

마지막 순간까지

단아한 노을로 사위듯

늙음은

쇠퇴가 아니라 성숙이며

영원으로 나아가는

외길이리니

아름다운 늙음은

거룩한 은총이며

축복이라오!

단풍

봉우리 구비 펼쳐
숨은 듯이 솟은 뫼
햇살이 펼치는
원색의 향연
님의 지혜
님의 손길
지으신 분 보시기에
심히도 좋았던 것
탐하면 죽고
벗하면 길이 사는
손으로 다듬지 않은
천연 그대로의 것
풍우로 빚은 산천
애써 찾는 까닭은
말없이 풍겨 오는 아름다움이어라!

돌

지천하나

분수를 알고

개성이 있어도

조화를 즐긴다

무심한 듯 분위기가 있고

과묵하나

해묵은 사연이 있어

너는 저절로

언어가 되고

역사가 되고

전설이 된다

온갖 풍상이 살을 에워도

시절을 한恨하지 않는

너는

침묵 하나로 영원을 산다

노산공원

쉴 새 없이
존재를 위협하는
파도의 성화에도
미동微動도 않고
제자리를 지켜온
당찬 의지는
태어나 자란 곳에
제 뼈를 묻으려는
어부의 염원
흙 한 줌 없는
거친 바위틈으로
온몸을 비집고 선 해송
푸르다 못해
차라리 검어 버린 기개는
가난을 벗어나려
저물도록
선창가를 지켜선
아낙들의 집념

겹겹의 가난과

메마른 일상에 겨워

거지반 도시로 떠나갔어도

목숨이 다하도록

고토를 지키려는 이들의

작은 위안이려고

후세에 길이 남을

유장悠長한 역사이려고

오늘도 꿋꿋이

포구의 한구석을 지키고 섰다

어촌의 새벽

새벽 여명黎明에

별빛이 사위면

시장한 갈매기

하늘을 치솟고

고요를 이불 삼아

해변에 누웠던 하늘은

소스라치듯

아침을 연다

하늘도

사람도

부산한 시간

그물을 둘러맨

어부의 눈까풀에

가시지 못한 졸음이

여태 매달렸어도

통통배의 폭발음이

적막을 걷어내면

물속에 비낀 고운 햇살이

일상의 무대에 생기를 북돋운다

파도

넘실대며 달려와서
와르르 부딪치고
외마디 탄성 속에
지천으로 흩어진다
육지를 향한
끈질긴 집념
머언 대해로부터의
그 오랜 추구 끝에 주어진
비장秘藏한 만남은
전신을 내던지는 엄숙한 도전
마침내 깨어진 인연의 사슬
평생을 지켜온
굳센 믿음은
육체를 벗어난 영혼이듯
산산이 흩날리는 물보라 타고
드높은 하늘로 솟아오른다

논두렁길

언제나 변함없는
본연本然의 모습으로
줄줄이 드러누운 아득한 정감
고역에 지쳤음인지
꿈을 잃었음인지
허기진 농심農心들이
앞다투어
고토故土를 떠나갔기에
한산하다 못해
인적마저 끊어진 들판
머슴들의 푸념과
아낙들의 투정을 달래며
잠깐의 졸음으로
일꾼들의 피곤을 덜어주던
그 시절은 아련하고
세속을 등진 수도승처럼
과거를 잊으려는 은둔자처럼
무성한 잡초 속에 얼굴을 묻었구나

파도유상波濤有想

경계선을 잃어버린
높낮은 봉우리들
낮아져서 솟구치고
우쭐대다 사그라지며
나누이다 하나 되고
떠밀리며 우글거리는 것이
모양은 달라도 본색은 하나이라
개성이 있어 역겹지 않고
조화가 있어 외롭지 않으련만
그래도 인생은 고해라던가
지천의 파도가 하나의 바다이듯
사방의 벽을 허물고
서로의 마음을 흐르게 하면
부딪치는 아픔도
나누이는 슬픔도 없는
바다 같은 세상을 살아가려니

황혼

살빛 곱던 노을이
한 떨기 재가 되어
해변으로 내리고
길게 뻗은
무인도의 그림자가
한 자락의
두툼한
어둠으로 저며 오면
피곤을 가득 실은
작은 배들이
어스레한 포구로
물살을 가른다
육순을 훨씬 넘겼음에도
노동을 강요하는
세월의 등쌀에
저물도록
고갈된 바다 밑을 뒤적이다가

허기진 걸음으로

선창에 오르면

말없이 지켜선 가로등 불빛이

구부정한 어깨 위로

하염없이 쏟아진다

실종

사랑하는 것조차
죄가 되는 듯
얼굴을 마주 보기 부끄러워서
별빛 가득한 밤을 기다렸던 순정

전쟁이 강토를 휩쓸어
혈육이 찢어지는 비극 속에서
목숨처럼 지켜 온 순결은
허기를 채우려 거리로 나섰고

잘살아 보자고 다짐하면서
체면보다 돈이 좋아
낭만과 양심마저
서푼짜리 동전에 팔아 버렸다

이제는

수치심마저 잃어버린

애처로운 영혼들이

탐욕의 속살을 허옇게 드러낸 채

두껍게 회칠한 얼굴을 들고

밤낮도 없이 거리를 누빈다

인생

작금에서 과거로
순간에서 영원으로
끊어질 듯 이어지는
분절음分節音
그 사이로 교차하는
탄생과 회귀의
긴 행렬에서
차례를 기다리는
막간의 여유
여기가
인생이란 이름의 간이역
광장에서의 만남
대합실의 오랜 기다림
눈물로 얼룩진
플랫폼의 희비를 등지고

귀향하는 열차에 몸을 실으면

선로線路에 굽이치는

회리바람이

순간과 영원의

경계선을 지운다

반성

하루 분分이 넘는
피곤을 걸치고
일상의 노동에서 돌아와
가물거리는
의식의 창가에 서면
결손된 존재의 그늘에서
비루먹은 자아를 만난다
아 이럴 수가!
어쩌다가 이런 꼴이!
가슴 내밀한 곳에
진리를 묻어 두고
이슥토록 정념情念을 자아내던
그 열정은 아련하고
낯선 욕망의 거리에서
채울 수 없는 갈증을 안고

내버려진 농가農家처럼

속절없이 무너져 내린 자아에

신열身熱을 느낀다

가슴을 친다

신음하며 하늘로 팔을 뻗친다

혼돈

성급한 아이
염치없는 어른
한사코 커지려는 여자들
자꾸만 졸아드는 남자들

그 틈에서
누구나 아쉬워한다
모든 게 달라졌다고
살기가 너무 힘들어졌다고

그러나
변한 것은 자화상
제 손으로 구겨 버린
본연의 모습

이제라도
제자리를 찾아야 하리
만용을 버리고
성실을 다하는
소명의 길을 가야만 하리

행복은
소유所有보다
본분本分에 있으므로!

회상

선율이 흐르는
대학가의 찻집은
해맑은 얼굴들이
꿈을 먹고 사는 곳
지그시 눈 감고
가파른 리듬에 몸을 실으면
저녁연기처럼 자욱한
환상의 세계
가진 게 없어도
느낌이 많아
부요로운 사람들
늙음이란
나이를 더함보다
꿈을 잃는 것
무뎌진 가슴에
청춘의 불씨를 지피려는
한 중년中年의
허기진 심사心思를 아는 듯

장마는 창窓밖에서

저리도 서럽게 울음 우는가!

찻잔

일상日常의

기다림이 있는 곳에

외톨로 앉으면

작지만 넉넉한 가슴으로

반겨 맞는다

인생人生을 달관한

상담자인 양

소욕을 초월한

구도자인 양

지순한 육체에 향香을 담고서

다소곳이 기울이는

그윽한 자태

손끝에서 저며 오는

따스한 정情

공허함을 채우려고

말없이 자기自己를 비우는

숭고한 얼은

숙연함을 가르치는

막간의 기도

4부

信

[신]

고통의 의미

만삭의 여인이
복중腹中에 있는
태아의 맥박을 느끼며
다독이듯
부푼 배를 쓰다듬다가
기어이 맞이한 출산出産의 시간
겪어본 자만이 아는
길고도 모진 아픔은
변치 않을 모정의 터전이며
모든 것 다 주어도 좋을
희생의 초석礎石이기에
아픔이 머문 곳에
사랑이 움트는가
골고다에 세워진
그리스도의 십자가는
지극히 거룩한
또 하나의 산실産室

하나님의 외아들이

죄로 상한 인간을

신의 자녀로

새로운 피조물로 삼으시려고

엘리 엘리 라마 사박다니

선혈을 쏟으며

신음하며 절규하신

해산解産의 자리

그 모든 고통을 감내하셔도

아직도 끝나지 않은

숭고한 사랑으로 인하여

어미가 아이들을 돌보듯

아버지 우편에서

지금도 여전히 손 모우고 계시는가!

바둑

흰 돌 검은 돌로
자웅雌雄을 겨룬다
집이 적은 사람은 패자가 되고
집이 많아야 승자가 된다
거대한 대마大馬라도
두 집이 없으면 사석死石이 되고
두 집이 있어야만 생존을 보장받는다
어찌 바둑뿐이랴
사람도 누구든지 집이 있어야 한다
크든 작든
장막이든 저택이든
공터에 지은 움막이라도
쉴만한 공간을 필요로 한다
그대는 아는가
사람도 바둑처럼
두 집이 필요하다
하나는 땅에다
또 하나는 하늘에 두어야 한다

한 집만 가진 자는
살았어도 죽은 자요
두 집을 가진 자만
영생을 누린다
뭐 그리 부산한가
육신의 장막은 허물어져도
하늘의 집은 영원하리니
심은 대로 거두고
행한 대로 베푸시는 것이
신의 섭리攝理이기에
제집을 단장하듯
하늘에 있는 집도
힘써 가꿔야 하리!

표상

마구간에 나시어도
거룩하셨고
구유에 누이셔도
존귀하셨던 주님
머리 둘 곳 없는 가난에도
다함 없는 기품은
버림을 받으시되
사랑스럽고
수치를 당할수록
아름다우셨습니다
사지를 찔러드는
그 모진 고통에도
하늘을 우러러
기도하심에
죽음을 이기시어
다시 사셨고

모든 이름 위에 뛰어난

이름을 얻으사

만민이 무릎 꿇는

영광의 보좌로 오르신

당신은

정녕 그리스도시요

살아 계신 하나님의 아들이십니다

부활

자욱한
어둠을 열고
빛으로 오사
빛을 남기시고
다시금
빛으로 피어오르신
당신은
달리다굼 생명生命의 빛
에바다 자유自由의 빛
상기도
그 빛 사위지 않아
가슴 치는
세리의 고백告白이 되고
옥합을 깨뜨리는
여인의 눈물이며

모든 것

다 주어도 좋을

삭개오의 찬연한 기쁨이 되어

탐욕에 찌든

심령을 밝힙니다

재림

꿈이 없는 인생의
삭막함을 아시기에
어두운 이 세상의
한 나그네 되셨다가
매인 자
억눌린 자들에게
평강의 하늘 소식 전하신 주님

방황하는 인생의 길이 되시려
세상 죄악 홀로 지고
골고다 언덕을 오르셨다가
사망의 올무마저 풀어주시려
사술邪術로 봉인된 어둠을 박차고
영원히 사위지 않을
생명의 빛으로 일어나셨나이다

처소를 예비하면
다시 와서 데려가마
언약 하나 남기시고
홀연히 하늘로 오르셨기에
기다림에 지친 마음
어루만지려
묵상의 사닥다리 높이 세우렵니다

천국

머무를 곳 없는 시간이
영원의 궤도에 오르면
생성도 소멸도 없는
진리의 세계에서
나래를 접으리라
무덤에서 피어오른
님의 순결은
눈부신 정오의 태양
어두움 다시없고
생명은 사철을 푸르리니
사람들의 마음에
욕심마저 사라지매
흘기는 눈도
정죄의 손가락도 없는 곳
신神과 사람이 마주보는 그곳에는
사랑 항상 넘치리라

심판

선망
환호
갈채는
거짓이 차려입은
화려한 무도복
소외
냉대
무관심은
진실이 걸쳐야 할
남루한 외투
그러나
유혹과
광란의 시간이 지나고
치장을 벗어야 할
한밤이 이르면
더없이 빛나는 건
시리도록 고운
진실의 속살

구원 1

본향을 찾는
구도자의
끝없는 방황은
무엇을 위함인가
참은 아름답고
선善은 다정함이며
의義는 가없는 기쁨임에도
소욕에 얼룩진 자아는
한사코
진리를 거역하며
역겨움을 토할지라도
십자가에 나타내신
주님의 사랑은
난간에 걸쳐 있는
튼튼한 생명줄
여전히 남아 있는
또 하나의 가능성
결코 다함 없는
위로의 샘물일지라

구원 2

정든 곳을 떠나서
정처도 없는 길을
나서라시네
피곤과 목마름과 허기짐에도
원망 없이 광야 길을
걸으라시네
쓰디쓴 물이라도 냉큼 마시고
흐르는 눈물도 아랑곳없이
낯설고 험한 길을
마냥 걸으라시네
걷고 또 걷노라면
불 구름을 길잡이 삼고
기적의 양식으로 먹이시다가
요단 너머 본향으로 인도하시면
흐르는 눈물을 친히 닦아주시고
생명나무 실과를 먹여주시며
다함 없는 사랑으로 품어주려 하신다네!

귀향歸鄉

자아를 잃은
긴 방황의 길목에서
야행성 동물처럼
쾌락을 좇는 자여
그대는 누구인가
어디서 왔으며
어디로 가려는가
그대의 망각은
환상을 좇은 연고요
그대의 방황은
아버지의 품을 떠나온 탓이려니
이제 옷깃을 여밀지라
그대의 선 곳은 타향이므로
서둘러 본향으로 돌아갈지라
아직도 문밖에서 기다리실
아버지께로 돌아가
그 푸근한 체취를 다시 느껴 볼지라

그대의 행복은

언제나

그대 집에 있으므로

참회

상념이 교차하는
묵상의 거리에 서면
다시는
생각지 않을 양으로
심연 깊이 감추었던
일그러진 영상들이 되살아나고
질식할 듯한 아픔이
심장을 짓누르면
때늦은 회한
늘어진 탄식은
하염없이 가슴 치던
세리의 고백이 되고
머릿결로 발을 씻긴
여인의 눈물로 흐를 제
두려워 말라는
위로의 음성
무거운 짐 벗기시는
자비의 손길

상처를 어루만질 노래 있으라

석양夕陽

청춘의 방황이
너무 길어서
중천中天의 고갯길이
힘들었던지
전신全身을 태우고도
못다 한 사명에
뒤돌아본 세월이
부끄러운지
상기된 얼굴을
산마루에 걸치면
선혈로 빚은 노을
쓰다듬듯 다독이며
저를 감싼다

사람됨을 위하여

욕심 하나 버리면
모두가 친구로 다가와 웃고
이름 모를 들꽃 하나도
그윽한 상념으로 안겨 오련만
고갈된 일상은
오로지
제 입만 위하는
이기利己의 소산
인정은 사라지고
수심獸心만 날카롭다
아- 사람아
정녕 사람다워지려거든
이제라도
반성의 쟁기를 잡고
해묵은 심령을 기경할지라

탐욕의 덤불을 걷어치우고

겸허한 마음으로

진리를 영접하면

허기도 잊은 채 정념을 거두는

지족知足의 세계를 맞이하리니

그제야

우리네 얼굴에서

더불어 살아갈

신神의 형상 넘치리라!

여인의 죽음

하얀 얼굴에
넉넉한 미소의 여인이
마흔다섯 고개를 못다 넘고서
여름이 시작되는
오월의 끝자락에
얼굴을 묻었습니다
호흡조차 힘든
전신의 고통에도
일체의 동정을 거부하며
애써 평안을 지키려던
의연한 자태는
차라리
보는 이의 더 큰 아픔이었습니다
위로받아야 함에도
도리어 위로하고
담담하게 죽음을 마주보던
용기를 통해
죽음보다 강인한
믿음의 힘을 보았습니다

다 자란 딸
철부지 아들
잠시도 떨어지지 않으려던 남편과의
아직도 못다 이룬
소원을 접고
이제는
영광스런 재회를 다짐하며
그토록 소망하던
영생의 세계로 떠났습니다

진리

오뉴월 덤불처럼
타락을 강요하는
거짓의 횡포에도
치욕보다 오래 남을
하늘의 영광을 인해
무던한 인내로
큰 아픔을 이기셨네
영광을 버리고
가시관을 쓰셨기에
주를 위해
그 나라를 위해
쾌락보다
아픔을 사랑하는
영혼들에게
영원을 살아갈
새 생명을 심으시네

묵상

상념의 결을 따라
나래를 펴면
의식을 짓누르는
아득한 암시暗示
잡념의 덤불을 헤집고
사색의
가파른 비탈길을 감돌아
마침내 당도한
피안彼岸의 경계선
비로소
번뜩이는 혜안
한숨과 탄성이 교차하는
차안此岸의 광명에 이르러서야
수욕에 찌든
구도자의 갈등은
아무도 주체못할
감격으로 솟구친다!

푯대

십자가十字架는

신비한 만남의 자리

한 분의 육체 안에서

신과 사람은 하나가 되옵니다

거기는

낮아짐의 자리

자기를 버림으로써

영광을 누리는

섬김의 자리

거기로서

영혼을 적시는

감격의 노래가 일고

어둠을 물리칠 능력이 솟구칩니다

바로 거기에

내 영원한 존재의 터전이 있고

자랑스런 삶의 이유가 있어

나는 오늘도 님을 우러릅니다

님을 더 알고자

그 안에서 온전히 발견되고자

기꺼이 취하셨던 순종의 자리로

지금 나아갑니다

회심

그리하면 안 된다고
양심은 벌써부터
손을 가로질렀습니다
그래도
끝내 뿌리치지 못한
유혹의 손길
알고도 범한 죄가
질식할 듯한 무게로
가슴을 짓누릅니다
이제는
빌기조차 부끄러운 잦은 실수에
스스로 존재를 지우고픈
절망의 나락에 이를지라도
아버지 곁에서
피 묻은 손으로
더 크게 간구하실
당신을 우러르면

어둠을 당겨 바다를 덮으시듯

십자가 그늘로

내 수치를 감추시고

부드러운 입김으로

꺼져 가는

영혼의 불씨마저

되살려주십니다

억새의 꿈

두메산골
언덕배기
산비탈을 따라
온몸을 뒤흔드는
백색白色의 물결
인정이 그리워 춤을 추어도
무정한 길손은 그냥 스치고
솔밭 너머 밭고랑 사이로
해가 저물어
노닐던 바람마저 사라져 가면
산천에 버려진 허전한 가슴
산허리로 비끼는 파리한 달빛
이름 없이 피었다가
한철에 스러지고
두 벌 옷이 필요 없는
초라한 삶이지만

외로움을 덜어 줄 하늘이 있고
새롭게 돋아날 기약이 있으므로
평생의 수고를 머리에 이고
서러움 억누르며 씨를 날린다

닭 울음소리

별빛 사위고
어둠이 옅어지면
새벽을 깨우는
고고한 아우성
가난보다 부끄러운 건
게으름인 줄 알아
단번에 기척하며
창호窓戶를 밝히던
부지런은 사라지고
두꺼운 얼굴만큼
무뎌진 양심 탓에
온 새벽을 울어도
듣는 이 아주 없는
무관심의 뒷간에서
새날을 예감한
외로운 선각자는

새벽을 깨우라시던

태고로부터의 사명감에

아침이 왔노라고

자다가 깰 때라고

저리도 간절하게 울음 우는가!

걸레 찬가

누가
세상을 더럽다고 말하는가
신랄한 비판은
가장된 위선
정작 소중한 건
거룩한 희생일지라
더러움을 피하는 자 중에
성인聖人이 없고
수치를 아는 자 중에
속인俗人도 없는 법
하늘의 거룩함을
이 땅에 채우시려
낮은 곳에 임하셨던
진리를 헤아려
낮에는 부지런히 세상을 닦고

혼자 있을 밤이면
묵상의 여울목에
몸을 헹구는
걸레 같은 인생을 살고 싶어라

남은 자들에게

더러는 떠났어도
더 많은 우리가 남았습니다
만나고 헤어짐이
다반사지만
지금도 우리를 이웃하게 하심은
더불어 나눌
사랑이 남았음입니다
그러면
누가 먼저 마음을 여시렵니까
누가 먼저
형제를 용서하며
스스로 낮아져서
그 발을 씻으시렵니까

마지막 만찬을 드시면서
서로를 사랑함이
당신의 뜻이라 하셨기에
서로 낮아짐으로
모두가 행복할
교제의 장을 펼칩시다
할렐루야!

빈자의 하나님을 사랑합니다

갈수록 약해지는 믿음을 위해
이레의 하나님은
또 하나의 기적을 준비하셨습니다
세상을 향한
사랑의 마음을 열어 보이시려고
가난한
너무나도 가난한 마음들을 두드리셨습니다
가진 것이 적고
당장의 쓸모가 즐비함에도
주께서 쓰시겠다는 그 한 말씀에
주저 없이 손을 펼친
어진 마음들이여
누가 그대를 가난하다 하는가
누가 그대를 어리석다 하는가
위대하신 이가 그대 안에 계셔서
그대 작은 손으로 큰일을 행하시리니
머잖아 그대는 기적의 주인공이 되리라

차고도 넘칠 이생의 축복과

내세의 상급이 그대에게 있으리니

부디 행복할지라

정녕 행복할지라

영원히…

그대 가난한 마음들이여!

안개

산기슭을 감싸안은

정지停止된 고요는

대지大地의 영혼

하늘과 땅의 조우遭遇

하늘을 펴고

땅을 여미시던 날

광명이 궁창에 터를 잡기도 전에

대지大地는 네 품에서 태동하고 있었다

신神이 되려고

섭리를 엿보려는 인간 때문에

드러낼 자랑보다

감출 것이 더 많은

역사의 추악한 오점 때문에

밤마다 내려와

농도 짙은 베일을 치고

군상들이 남기고 간

광란의 흔적을 지우고 있다

누가 빈방을

가진 사람들
약삭빠른 사람들이 설치던 곳
베들레헴 여관에는 빈방이 없었다네
비대肥大한 교회
윤택潤澤한 얼굴들
그러나
지칠 줄 모르는 영욕榮慾 때문에
아직도 주主께 드릴 빈방이 없다네
가난한 마음에 행복이 있고
주는 것이 받는 것보다
복되다지만
아무도 자기를 비우려 않네
찬바람 다시 일고
성탄의 노랫소리 고막을 울려도
사람들의 마음에 빈방이 없으므로
주님은 또다시 마구간을 찾으시는가!

해변의 묵상

상념의 언덕에 올라
바다를 보옵니다
태양이 자맥질하는 수평선 너머로
원시의 신비는 몸을 사리고
하늘과 땅은 하나가 되옵니다
섬을 업고
강을 품으며
파도의 성화를 감싸안는
드넓은 바다는
가없는 님의 마음입니다
엄몰하는 노도怒濤가
살을 에워도
신음을 토할지언정
미동도 않는 바위처럼
온몸을 가르는 채찍
사지를 파고드는 못
옆구리를 찔러드는 창날의
아픔을 참으셨습니다

아버지로부터 끊어지는

단절의 고통에

엘리 엘리 라마 사박다니

탄식하며 우러르던

사월四月의 하늘에서

가없는 님의 사랑을 보옵니다

당신의 숭고한 인고를 배웁니다

밤비

어둔 밤
한사코 창문을 때리는
집요한 아우성
외로이 선 가로등
희뿌연 불빛 속으로 내리는
못다 한 사연들은
산발한 여인의 흐느낌 되어
지면地面의 기울기로 여울집니다
가인의 질투
발람의 야심
유다의 입맞춤이 남긴
포도의 낙진을 씻으며
군상들이 짓밟고 간
진실의 시신을 부둥켜안고
밤새워 오열하는
저 빗소리는
진실하신 님의 탄식입니다

5부

祈禱

[기도]

기다림

더 큰 잔으로
더 많이 마시려고
권세는
온 땅에 올무를 놓고
부자는 거미줄을
타락한 지성은
간교한 덫을 놓는다
노동과 함께 찾아오는
휴식의 즐거움은 사라지고
커져만 가는 것은
향락에 겨운
광란의 몸부림뿐
병든 시대를 밝혀 줄
마지막 등불마저
축복이란 이름으로 함정을 파는가

오 슬프다

야만野蠻의 시대여

눈먼 양심에 수치를 일깨우고

차가운 심장에

온기를 되찾아 줄

찬란한 그 아침은

언제 밝아 오시려오!

지족知足

시인의 옷을 입고
장인匠人의 연장을 들고
영욕으로 얼룩진
세월의 풍진風塵을 벗기며
거짓에 가리운
진실의 속살을 드러내게 하소서
사물을 관통하는
예언자의 안목으로
하나님을 찾으며
자연과 사람
진리와 상념
그리고
붓과 종이가 있으므로
지극히 만족할
가난한 심령이 되게 하소서!

새해의 기도

그럭저럭 살기보다
알뜰하게 살고 싶고
티격태격 살기보다
오순도순 살렵니다
죽지 못해 사노라고
푸념하며 살기보다
지는 해가 아쉽도록
행복하게 살고 싶고
옥신각신 시비하며
눈 흘기며 살기보다
차라리 양보하며
평화롭게 살렵니다
덧없는 공명심에
여러 사람 마음속에
상처 주며 살기보다
바람결의 구름처럼
흐르는 강수江水처럼
성령님의 인도 따라
자유로이 살렵니다

벽 앞에서

정연한 논리
윤색된 필설筆舌들이
일순一瞬에 무너지고
사명감을 뒤흔드는
절망의 난간에 이르러서야
교만한 피조물은
비로소
자기를 아는
반성의 자리에 앉았습니다
이제는
한순간의 호흡과
소박한 일상마저
스스로 취할 수 없는
은총임을 알기에

부질없는 허세와
아집을 접고
오로지
주님을 우러르며
히스기야의 심장으로
벽을 봅니다

소망

주여!

대지大地는

정녕 평화를 잃었습니다

정함 없는 욕망에

인심은 산산이 부서지고

도처에는

쾌락을 사냥하는

야수의 눈초리만 번뜩입니다

드높았던

신념의 성곽이 무너지매

찬란한 이상의 깃발마저

갈가리 찢어지고

이제는

거리마다

지붕마다

진리를 조롱하는

거짓의 깃발만 펄럭입니다

곧 오소서

그 빛난 얼굴로

누리를 비추소서

어둠 속의 만물이

저토록 탄식하며 님을 기다립니다

여망餘望

하나님을 아노라
그분만을 섬기노라
성전聖殿을 자랑삼아
평강을 노래하던
선민選民들
추스르지 못한 탐욕으로
거룩한 도성을
흉포한 죄악으로
물들였었네
의로우신 하나님은
탄식하며 찾으셨네
공의를 행하며
진리를 구하는 자
오직 그 한 사람을!
새해에는
부디
그 사람이 되게 하소서

애타게 찾으시는 진리의 사람

한 줌의 소금이며

한 떨기 빛이 되어

시대의 양심을 어거駁車할

그 한 사람 되게 하소서!

에바다

어언 육십 년
그 멀고 험난했던 여정 속에
이제사 태어난 너를 위하여
여기 두 손 모은 기도가 있음이여
한겨울 모진 삭풍에
나목들의 신음이 처절한 밤에도
온정의 등불이 꺼지지 않을
교제의 방房이 될지라
하늘과 땅
섬과 육지
고향과 객지를 이어주는
다리가 될지라
떠나간 사람들
지키고 있는 사람들
잊어서는 안 될 소중한 사람들 사이에서
무관심과 망각의 산악山岳을 넘어
소식을 전해 줄
체부遞夫가 될지라

아이들은 동심을

청년들은 이상을 펼치고

어른들은 경건을 연습할

운동장이 될지라

그리고 너는 이정표가 될지라

지나온 성남城南의 발자취를 새기고

남은 길의 여정과 향방을 알리며

먼 후손에게 길이 남을

역사로 남으라

부디 자라 가라

풍성해 가라

넘기 힘든 격랑이 몰아쳐 올지라도

거슬려 이기어라

주님이 오실 그날이 이르도록!

탕자의 변辨

하늘을 보다 말고
차마 고개를 떨굽니다
뿌리칠 수 없었던
환상의 유혹을 따라
너무 멀리 떠나오고 말았습니다
속절없는 파멸에 이르기까지
무참히 속았습니다
환상의 찬란함이 사라진 곳에는
오직 남루한 모습
가슴 치는 울분과
입술을 깨무는
때늦은 회한悔恨이 남았을 뿐입니다
그리하여
잠시나마 잊었던
아버지의 얼굴에서
지난날의 미소를 떠올립니다
푸근한 체취와
따사롭던 체온도 느껴 보려 합니다

사무치는 그리움에

생각다 말고 벌떡 일어나

두 주먹을 불끈 쥐고 외쳐 웁니다

다시는 속지 않으리라

이제라도 돌아가

다시는 그의 곁을 떠나지 않으리라!

초심

비참 중에서
은혜로 부르심을 받았습니다
숱한 실수와 허물에도
일향一向하신 사랑을 힘입어
이십 수년 주를 섬겼습니다
갈수록 힘들어지는
사역의 중압감에
때로는 멍에를 벗고 싶었습니다
그럴 때마다 문득
지나온 날들을 돌아봅니다
수많은 사랑을 힘입었어도
여전히 초라한 자아가 마냥 서럽습니다
열정은 식어지고
소신과 의욕이 사라진 곳에는
고스란히 불평만 남았습니다

자책하기보다는 비난에 익숙하고

자유가 아니라 의무감에 얽매이며

빈발하는 갈등과

빗발치는 비난 속에

탈진한 자아를 바라보며

죽기를 자청했던 엘리야와

벽을 향해 앉았던 히스기야의 심정으로

애오라지 주님을 바랍니다

부디

첫 사역지에서의 감격과

신전과 성남에서의 열정을 회복시켜 주시고

익산에서 펼쳤던 개척정신을 일깨워

고비를 맞은 삼천포의 사역을

온전히 마감하게 하소서

그리하여 주님이 세우신 삼한교회가

책임 있는 장년의 교회로 세워짐을 바라보고

그리스도의 심장으로 기뻐하며

담담하게 자리를 뜰 수 있는

의연한 나그네가 되게 하소서

염원

살처럼
바람처럼
스쳐 가는 세상에서
무엇이 될까
무엇을 가져갈까
무엇으로 주님께 사랑을 전할까
당신께서 보시는 건
우리의 마음
오직 "네 마음을 달라"시는
당신이기에
님의 마음 닮으려
당신만을
바라며
부르며
찾으오리다
배고픈 아이처럼
목마른 사슴처럼